VENTE APRÈS DÉCÈS

DE

TABLEAUX ANCIENS

DE DIVERSES ÉCOLES

DONT LA VENTE AUX ENCHÈRES AURA LIEU

Rue Centrale, 17, angle de la rue Grenette,

Le lundi 7 avril 1873 et jours suivants, à 7 h. du soir

Par le ministère de M. FABRE, commissaire-priseur.

EXPOSITION : — Les vendredi et samedi, 4 et 5 avril, de une heure à quatre heures,
Et chaque jour de la vente de une heure à trois heures.

On percevra le 5 % d'usage.

ON TROUVE LE CATALOGUE CHEZ :

M. VINCENT
Rue de la Reine, 48.

A LA LIBRAIRIE ANCIENNE
AUGUSTE BRUN
Rue du Plat, 13.

Lyon. — Imp. Aimé Vingtrinier.

VENTE APRÈS DÉCÈS

DE

TABLEAUX ANCIENS

DE DIVERSES ÉCOLES

DONT LA VENTE AUX ENCHÈRES AURA LIEU

Rue Centrale, 17, angle de la rue Grenette,

Le lundi 7 avril 1873 et jours suivants, à 7 h. du soir

Par le ministère de M. FABRE, commissaire-priseur.

EXPOSITION. — Les vendredi et samedi, 4 et 5 avril, de une heure à quatre heures,
Et chaque jour de la vente de une heure à trois heures.

On percevra le 5 % d'usage.

ON TROUVE LE CATALOGUE CHEZ :

M. VINCENT
Rue de la Reine, 48.

A LA LIBRAIRIE ANCIENNE
AUGUSTE BRUN
Rue du Plat, 13.

Lyon. — Imp. Aimé Vingtrinier.

TABLEAUX ANCIENS

ÉCOLE ITALIENNE

1. — *Le Christ portant sa croix*

Peinture sur bois, ovale, cadre doré, hauteur 36 c., largeur 26 centimètres.

---

2. — *Judith tenant la tête d'Holopherne.*

Toile, cadre doré, hauteur 1^{m} 20 c., largeur 1^{m} 10 c.

---

3. — *Très beau paysage.*

Vieux château près d'une rivière.

Toile, cadre doré, hauteur 64 c. largeur 81 c.

---

4. — *L'Adoration des rois mages.*

Peinture sur bois, signée : Mathias Amandus Dola P. (?) Pingit.

Cadre doré, hauteur 26, c., largeur 34 c.

---

5. — *Sujet biblique.*

Jacob demandant à Laban une de ses filles en mariage.

Toile, cadre doré et sculpté, hauteur 1ᵐ 11 c., largeur 81 c.

---

6. — *Grand paysage.*

Moïse sauvé des eaux.

Toile, cadre doré, sculpté, hauteur 73 c., largeur 98 c.

---

7. — *Paysage.*

Dans le fond on aperçoit un village.

Toile, cadre doré, hauteur 49 c., largeur 65 c.

8. — *Paysage* (Pendant du précédent).

---

9. — *La Vierge portant l'enfant Jésus.*

Toile d'une belle couleur, cadre doré et sculpté, hauteur 1m 4 c. largeur 82 c.

---

10. — *Jésus-Christ payant les vignerons.*

Groupe de huit grands personnages. Dans le lointain, d'autres vendangeurs et de riches palais.

Cadre doré, hauteur 1m 13 c., largeur 1m 34 c.

PALTRONIERI dit le Mirandolese des perspectives

Né à Bologne en 1673, mort en 1741.

11. — *Ruines d'un temple.*

Toile, cadre doré, hauteur 1m 2 c., largeur 1m 26 c.

PANINI (Jean-Paul)

Né à Plaisance en 1691, mort en 1764.

12. — *Grandes ruines et bas reliefs, quelques figures.*

Toile, cadre doré, hauteur 61 c., largeur 72 c.

SIGOLI Vénitien

13. — *Scène de la Passion.*

Le Christ portant sa croix, vu à mi-corps.

Peinture sur cuivre, cadre doré, hauteur 21 c., largeur 16 c.

CALIARI (Gabriel) fils de Paul Véronèse

Né en 1568, mort de la peste en 1631.

14. — *Sujet biblique.*

Eliezer ayant trouvé à la fontaine Rebecca qui voulut bien le désaltérer, lui offre les riches présents de son maître.

Peinture sur bois, hauteur 26 c., largeur 34 c.

VECELLI dit le Titien

15. — *Portrait d'un géomètre.*

Vu de face à mi-corps.

Peinture sur bois, cadre doré, hauteur 26 c., largeur 1m 19 c.

Une note placée derrière ce tableau l'attribue à ce maître.

TISSIO (Benvenuto) dit le Garofolo

Le plus célèbre des imitateurs de Raphaël, né à Ferrare en 1481, mort aveugle en 1559. — Son surnom lui vient d'un œillet qu'il plaçait dans presque tous ses tableaux.

16. — *Le Bon Jardinier*.

Jésus-Christ apparaissant à Marie-Magdeleine après sa résurrection : sujet connu sous le nom du *Bon Jardinier*.

Peinture sur bois, d'un effet vigoureux et d'une composition savante, hauteur 34 c., largeur 1m 60 c., cadre doré.

ÉCOLES ALLEMANDE
FLAMANDE & HOLLANDAISE

HOLBEIN (Jean)

17. — *Portrait de Martin Luther, à l'âge de 61 ans.*

Peinture sur bois, datée de 1548. Cadre doré, 14 c. de circonférence.

HOLBEIN (Jean) dit le jeune

Né à Augsbourg en 1198, mort en 1554.

18. — *Portrait de Cujas.*

Célèbre jurisconsulte, vu de face à mi-corps.

Peinture sur bois d'une finesse inouïe, imitant la nature d'une manière étonnante.

Cadre doré et sculpté, hauteur 17 c., largeur 14 c.

Fort beau spécimen des œuvres de ce si fameux peintre.

BREUGHEL dit de Velours

19. — *Paysage très-étendu.*

Dans le lointain, plusieurs châteaux. Sur le premier plan, à gauche et à droite, divers personnages sont à la chasse aux canards.

La signature de ce tableau se trouve derrière, dans le panneau, marquée au fer rouge, et porte la date de 1585. Elle est bien authentique, et de plus, très-lisible.

Très-fine peinture sur bois, hauteur 31 c., largeur 50 c.

VAN ARTOIS (Jacques)

Né à Bruxelles, en 1613.

20. — *Intérieur d'une forêt.*

Au milieu, on aperçoit, dans un sentier, un homme et une femme, suivis de leur chien.

Paysage très-fin, peint sur bois et dans une parfaite conservation.

Cadre doré, hauteur 25 c., largeur 35 c.

RUBENS

21. — *L'Adoration des bergers.*

Ce tableau (d'après une ancienne note qui se trouve derrière) provient de la vente du duc de Chabot, où il fut vendu pour être de Rubens.

Peinture sur cuivre, composée de 11 figures.
Cadre doré, hauteur 23 c., largeur 15 c.

VAN DYCK

22. — *Portrait d'Isabelle-Claire-Eugénie, religieuse, à l'âge de 63 ans.*

Tableau très-fin, d'une couleur remarquable.

Peint sur bois, cadre doré, hauteur 23 c., largeur 18 c.

REMBRANDT (Paul Van Ryn)

23. — *Portrait d'homme.*

Portrait d'homme à moustaches grises, coiffé d'une toque surmontée d'une aigrette et de pierreries. Il est vu en trois-quarts et à mi-corps.

Peint sur bois, cadre doré, hauteur 23 c., largeur 19 c.

CUYP

Père d'Albert Cuyp, né à Dordrecht, en 1575.

24. — *Sujet biblique.*

L'Ange apparaît aux bergers pendant la nuit.

Peinture sur bois, d'un chaud coloris et signée G. Cuyp.

Cadre doré, hauteur 45 c., largeur 70 c.

ELZHEIMER (Adam)

Né à Francfort, en 1574, mort à Rome, en 1620.

25. — *La Magdeleine dans le désert.*

Peinture d'une très-belle couleur, sur bois.

Cadre doré, hauteur 22 c., largeur 18 c.

PORBUS (François)

Né à Bruges, en 1540, mort en 1580

26. — *Portrait d'homme.*

Portrait d'homme vu de face et à mi-corps.

Peinture sur bois.

Cadre doré, hauteur 32 c., largeur 26 c.

DAVID TENIERS

27. — *Sujet allégorique.*

Deux jeunes gens s'amusent à faire des bulles de savon; l'un d'eux, assis dans un fauteuil et accoudé sur une table (sur laquelle se trouve un sablier, une tête de mort et un violon), en gonfle une avec une bûche de paille, tandis que l'autre *(qui est Teniers lui-même)*, debout derrière lui, en rattrape une avec son chapeau.

Très-remarquable composition de ce fameux maître, dont les œuvres sont si rares aujourd'hui, signée, dans le bas, de son monogramme : D. T.

Peinture sur bois, figures à mi-corps, hauteur 24 c., largeur 32 c.

CARRÉ (Henri)

Né à La Haye, en 1696.

28. — *Portrait de Hoer Ian Vroesen, Paad ordinaire in den Edele et souverainen, Raade van Braban.*

Toile signée.

Cadre doré, hauteur 49 c., largeur 40 c.

MEEL (ou Jean Miel)

29. — *Scène de cabaret.*

Composition de 3 figures.

Toile, cadre doré, sculpté, hauteur 48 c., largeur 59 c.

NEER (Artur Van Der)

Né en 1619, mort en 1683.

30. — *Effet de neige.*

Sur le premier plan, quatre personnages jouent ensemble. Dans le fond, de l'autre côté d'une rivière, se trouve un village.

Très-jolie toile, signée de son monogramme.

Hauteur 33 c., largeur 27 c.

WOUWERMANS (Philippe)

Né à Harlem, en 1620, mort en 1668.

31 — *Le repos d'une famille de mendiants.*

Un cavalier interroge la mère, qui allaite son enfant assise près d'un talus.

Peinture sur bois, d'une finesse admirable, signée à gauche, dans le bas, du monogramme de ce maître.

Cadre doré et sculpté, hauteur 31 c., largeur 36 c.

Ce beau tableau provient de la vente de Vincent Van der Vinne, de Harlem.

WOUWERMANS (Pierre)

Né à Harlem.

32. — *Retour de chasse.*

Cavaliers revenant de la chasse, faisant ferrer leurs chevaux. Nombreux personnages.

Peinture sur cuivre, très-fine et fort-remarquable, signée de son monogramme, dans le bas.

Cadre doré, hauteur 39 c., largeur 47 c.

POLEMBOURG (Corneille)

Né à Utrecht, en 1586, mort en 1660.

33. — *Sujet mythologique.*

Le berger Pâris abandonnant Vénus.

Peinture sur bois, signée de son monogramme C. P.

Cadre doré, Hauteur 26 c., largeur, 21 c.

Les petits tableaux de ce maître sont fort supérieurs à ses grands.

POLEMBOURG

34. — *Sujet mythologique.*

Satyre jouant avec des nymphes, dans un très-beau paysage.

Peinture sur panneau, fort remarquable.

Cadre doré. Hauteur 32 c., largeur. 46 c.

WERDENGHEN (Daniel)

35. — *Sujet biblique.*

Jésus-Christ et les disciples d'Emmaüs, en route.

Peinture sur bois, d'une belle composition. Hauteur 23 c., largeur, 28 c.

RUYSDAEL

Né à Harlem.

36. — *Un très-grand paysage.*

Sur le devant, un homme à toque bleue sort d'une forêt.

Les arbres sont magnifiques.

Cadre doré, hauteur 59 c., largeur 83 c.

Ce tableau, peint sur bois. est signé en toutes lettres.

RUYSDAEL (attribué à)

37. — *Paysage avec figures.*

Peinture sur bois, très-fine et d'une belle exécution.

Cadre doré, hauteur 25 c., largeur, 34 c.

URIÈS

Imitateur de Ruysdaël.

38. — *Paysage.*

Berger et son troupeau de vaches, passant près des ruines d'un vieux château.

Peinture très-fine sur bois, signée **R.** Uriès.

Cadre doré, hauteur, 29 c., largeur 23 c.

---

39. — *Sujet allégorique* (Ecole allemande).

Un roi distribuant des pommes à ses sujets; composition de 10 figures.

Peinture sur bois, d'une belle couleur.

Cadre doré, hauteur 31 c., largeur 28.

---

40. — *Danse champêtre* (Ecole flamande).

Composition de 17 figures.

Toile, cadre doré, hauteur 60 c., largeur 75 c.

KALF (Vilfem)

Né à Amsterdam, en 1630.

41. — *Le Bénédicité de la Sainte-Famille.*

Peinture sur cuivre.

Cadre doré, hauteur 24 c., largeur 20 c.

DE VITTE

42. — *Vue d'une cathédrale gothique.*

Cadre doré, hauteur 36 c., largeur 30 c.

Une note qui est derrière ce tableau l'attribue à Peternef.

VAN LOO (Carle)

43. — *Portrait d'un écrivain tenant à la main un Horace.*

Vu à mi-corps.

Toile, cadre doré, hauteur 71 c., largeur 60 c.

VAN DER KABEL

44. — *Ruines.*

Vue prise en Italie. On remarque des joueurs de boule.

Toile, cadre doré, hauteur 50 c., largeur 78 c.

VAN DER KABEL

45. — *Paysage.*

Une bergère gardant des moutons et des chèvres.

Très-joli groupe et beau paysage.

Cadre doré, hauteur 35 c., largeur 41 c.

ASSELIN

46. — *Paysage.*

Ruines et pont sur une rivière.

Toile, cadre doré, hauteur 44 c., largeur 65 c.

ASSELIN

47. — *Effet de nuit.*

Paysage.

Toile, cadre doré, hauteur 51 c., largeur 65 c.

ASSELIN

48. — *Paysage.*

Grand paysage avec cascades et plusieurs figures.

Toile d'une belle couleur, cadre doré, hauteur 64 c., largeur 62 c.

ÉCOLE FRANÇAISE

PARRROCEL (Joseph)

Né à Brignolles, en 1648.

49. — *Paysage*.

Paysage avec cavaliers et autres figures.

Peinture sur bois, ovale.

Cadre doré, hauteur 16 c.

PARROCEL (Joseph)

50. — *Bataille*.

Combat de cavalerie.

Toile, cadre doré, hauteur 56 c., largeur 97 c.

PARROCEL (Joseph)

51. — *Bataille* (Pendant du précédent).

POUSSIN (Nicolas)

Né aux Andelys, en 1594, mort en 1665.

52. — *Le martyre de saint Erasme.*

Composition de 10 figures.

Toile, cadre doré et sculpté, hauteur 98 c., largeur 73 c.

LEBRUN (Charles)

Né à Paris, en 1619.

53. — *Portrait d'homme.*

Vu de face.

Peinture sur toile, d'une vigoureuse exécution et signée dans le haut, à gauche, en lettres majuscules, avec la date de 1615.

Cadre doré, sculpté, hauteur 82 c., largeur 66 c.

MIGNARD

54. — *Louis de Bourbon.*

Portrait de Louis de Bourbon, prince de Condé, vu à mi-corps.

Toile, cadre doré, hauteur 75 c., largeur 58 c.

OUDRY (Jean-Baptiste)

55. — *Nature morte.*

Groupe de légumes, fruits, gibier et ustensiles de chasse.

Toile très-bien conservée, signée et datée de 1720.

Cadre sculpté et doré, hauteur 1m 11 c., largeur 87.

EDME JEAURAT

56. — *Sujet allégorique.*

Trois déesses, représentant les bienfaits de la terre.

Toile, cadre doré, hauteur 40 c., largeur 33 c.

EDME JAURAT

57. — *Sujet allégorique* (Pendant du précédent).

Jupiter et Minerve tenant les foudres dans leurs mains. Dans le ciel, Apollon conduisant son char.

Toile, cadre doré.

PATEL

58. — *Grand paysage avec ruines.*

Un troupeau conduit par des femmes traverse la rivière.

Toile, cadre doré, hauteur 70 c., largeur 97 c.

---

59. — *Un renard tué, pendu près d'un fusil.*

Toile, cadre doré, hauteur 93, largeur 73.

COYPEL

60. — *Le triomphe d'Amphytrite.*

Peinture sur bois, cadre doré, hauteur 30 c., largeur 24 c.

BOUCHER (François)

Né à Paris, en 1704, mort en 1770.

61. — *La Balançoire.*

Cinq petits enfants tout nus se balancent sur un arbre mort. Les deux qui sont vers le tronc appuient fortement pour faire rester en l'air les deux autres, qui sont à l'extrémité. Le cinquième se pend à la branche pour les aider à revenir à terre.

Toile fort remarquable, signée en toutes lettres.

Cadre doré, hauteur 1m, largeur 1m 28 c.

Ce tableau provient de la vente Budeler, faite à Londres.

LANCRET (attribué à Nicolas)

Né à Paris, en 1690, mort en 1743.

62. — *Fête de village.*

Fête et danse champêtre, composée de 19 personnages.

Peinture sur toile, fixée sur panneau, d'une fraîcheur et d'une exécution remarquables.

Cadre doré et sculpté, hauteur 54 c., largeur 60.

LE PRINCE (Jean)

Né à Metz, en 1733, mort en 1781.

63 — *Intérieur d'une ferme.*

Une jeune fille près d'un puits; sur le premier plan, plusieurs enfants.

Toile, riche cadre doré, sculpté, hauteur 46 c., largeur 38 c.

VERNET (Joseph)

64 — *Une tempête.*

Plusieurs naufragés portent un de leurs confrères mort.

Très-belle esquisse sur papier fixé sur carton.

Cadre doré, hauteur 34 c., largeur 47 c.

VERNET (Joseph)

65 — *Paysage.*

Barques de pêcheurs sur un fleuve.

Peinture sur bois, cadre doré, hauteur 29 c., largeur 51 c.

GOUASPRE

66. — *Paysage.*

Paysage, avec cascade au pied du village. Quelques figures.

Toile en parfait état de conservation.

Cadre doré, hauteur 48 c., largeur 55 c.

---

67. — *Paysage avec figures.*

Toile, cadre doré, hauteur 17 c., largeur 21 c.

LALLEMAND

68. — *Paysage.*

Vue prise à Naples, sur les bords de la mer, ornée de figures. Dans le lointain, on voit le Vésuve en éruption.

Toile signée, cadre doré, hauteur 39 c., largeur 50 c.

LALLEMAND

69. — *Paysage* (Pendant du précédent).

Vue de l'ancien temple de Vénus et de la forteresse de Bayes, aux environs de Naples.

Peinture sur toile, animée par plusieurs groupes de pêcheurs, sur le premier plan.

LALLEMAND.

70. — *Une tempête.*

Des personnes, sur la côte, arrivent au secours des navires en danger.

Toile signée, cadre doré, hauteur 61 c., largeur 82 c.

LALLEMAND.

71. — *Port de mer.*

Vue d'un port de mer d'une ville de la Turquie.

Toile signée, cadre doré, hauteur 58 c., largeur 75 c.

LALLEMAND.

72. — *Paysage* (Pendant du précédent).

Des pêcheurs vendant leurs poissons, sur le bord de la mer.

Toile signée.

ROBERTS (Hubert)

73. — *Sujet religieux.*

Funérailles et cérémonies égyptiennes, faites vers les Pyramides.

Toile signée, datée de 1760.

Cadre doré, hauteur 65 c., largeur 97 c.

DEMARNE.

74. — *Une paysanne, revenant du marché.*

Elle porte un panier de cerises et des balances, et vient offrir sa marchandise à une jeune mère assise sur le seuil de sa maison, tenant son enfant sur ses genoux ; celui-ci s'amuse avec un chien que lui présente son frère aîné. La pauvre mère cause avec un chasseur assis à ses côtés ; près de là, la vieille grand'mère file dans un coin. On aperçoit encore deux personnes vers une fenêtre.

Peinture sur bois, signée et datée de 1792. Charmante composition de huit personnages.

Cadre doré, hauteur 28 c., largeur 25 c.

VOLAIRE le Chevalier

75. — *L'éruption du Vésuve.*

Peinture sur toile, signée.

Cadre doré, hauteur 40 c., largeur 81 c.

ROBERT (Pierre-Antoine)

76. — *Nature morte.*

Toile signée, datée de 1711.

Cadre doré, hauteur 58 c., largeur 82 c.

BRUANDET.

77. — *Paysage.*

Magnifique paysage, avec plusieurs figures faites par THAUNET. A gauche une forêt.

Peinture sur bois, signée L. B.

Cadre doré, hauteur 35 c., largeur 45 c.

BRUANDET.

78. — *Paysage* (Pendant du précédent).

DUPLESSIS.

79. — *Marine.*

Sur le premier plan, plusieurs personnages.

Peinture sur bois, cadre doré, hauteur 31 c., largeur 41 c.

---

80. — *La communion des religieux.*

Toile, cadre doré, hauteur 39 c., largeur 30 c.

---

81. — *Sujet biblique.*

Le grand prêtre Zacharie recevant l'enfant Jésus vers l'escalier du Temple.

Esquisse sur carton, nombreuses figures.

Cadre doré, hauteur 52 c., largeur 35 c.

---

82. — *Nature morte.*

Gibier.

Toile, cadre doré, hauteur 70 c., largeur 98 c.

---

83. — *Paysage.*

La chasse au cerf.

Toile, cadre doré, hauteur 33 c., largeur 44 c.

---

84. — *Paysage* (Pendant du précédent).

GROBON (Michel)

Peintre lyonnais.

84 *bis*. — *Une forêt*.

Toile, cadre doré, hauteur 28 c., largeur 35 c.

GUINDRAND.

Peintre lyonnais.

84 *ter*. — *Une étude*.

Toile, cadre doré, hauteur 25 c., largeur 31 c.

BONIROTTE.

Peintre lyonnais.

84 *quater*. — *Un berger de la campagne de Rome*.

Toile, cadre doré, hauteur 49 c., largeur 69 c.

DESSINS, ESTAMPES, ETC.

LA BRUYÈRE.

85. — *Paysage,*

Vue de la tour de Métellus, près de Rome et d'un temple de Bacchus.

Deux aquarelles, signées et datées de 1783.

Sous verre, cadre doré.

---

86. — *La fuite en Egypte.*

Estampe gravée par Morel, d'après Claude Lorrain.

Sous verre, cadre doré.

---

87. — *Le triomphe de Silène.*

Estampe avant la lettre.

Sous verre, cadre doré.

---

88. — *Portrait de Louis XIV, enfant.*

Estampe gravée par Nanteuil, en 1677.

Sous verre, cadre doré.

89. — *Portrait d'Ardouin de Péréfixe, archevêque de Paris.*

Estampe gravée par Nanteuil.

Sous verre, cadre doré.

---

90. — *Sainte Geneviève, patronne de Paris.*

Estampe gravée par Balechou, d'après Vanloo.

Sous verre, cadre doré.

---

91. — *La Vierge, sainte Magdeleine et saint Jérôme.*

Estampe gravée par Strange, en 1771, d'après le Corrége.

Sous verre, cadre doré.

---

92. — *Sainte Cécile* (Pendant du précédent).

---

93. — *Portrait de Samuel Bernard.*

Estampe gravée par Drevet, d'après Rigaud.

Sous verre.

---

94. — *La Présentation.*

Dessin au bistre.

Sous verre, cadre doré.

Lyon. — Imp. Aimé Vingtrinier.

www.ingramcontent.com/pod-product-compliance
Ingram Content Group UK Ltd.
Pitfield, Milton Keynes, MK11 3LW, UK
UKHW020215180726
13838UKWH00005B/2003

9 782329 341293